JN057431

バラの咲く日に

生きづらさの庭で

藤原（ふじわら） 千奈（ちな）

文芸社

contents

バラの咲く日に

　ぼくが「あの子」に出会ったのは、きれいな月がぽっかりうかぶ、そんな夜のことでした。とぼとぼ公園のベンチに座ったぼくの前に、とつぜん見たこともない美しい女の子があらわれたのです。するとまるで花のような、なつかしいやさしいにおいにつつまれました。

　女の子の特徴はこのようでした。くるくるとうねった金色の長い髪(かみ)の毛は、まるで王さまライオンのたてがみのように立派です。洋服は、アフリカのひろい草原を切りとったみたいな、明るいみどりのワンピース。長いスカートが夜風にさらさら流れていて、心地が好さそうでした。瞳(ひとみ)はまっさらな青空色です。何よりも、瞳(ひとみ)の奥(おく)に光があることを、ぼくは見のがしませんでした。それはこの夜の月のように暗やみを照らす、まるで「希望」のような光だとぼくは思いました。

女の子は花びらみたいにかれんな声で言いました。

「こんばんは。あなたは何をしているの」

心臓があまりにもバクバクドキドキしていて、その音が女の子に聞かれやしないかと不安になりながら、ぼくは答えました。

「こんばんは。ぼくは、塾が終わって、家に帰る前に少し休んでいるところだよ。この公園にはときどき来てい

るんだけど、君に会うのは初めてだよね。君は何をしているの」

女の子は遠くを見つめて言いました。

「私は夜空の星たちと追いかけっこしていたら、いつのまにか遠くのこの星に来ていたの。だから、お散歩していたのよ」

その声は石を投げこんだ水のように、静かなしじまとなって公園にひびきました。ぼくは女の子が人間ではないかもしれないと思いましたが、ふしぎとこわくありませんでした。

「つまり、迷子になったんだね」

「そうとも言えるかもしれないわね」

女の子はぜんぜん気にしていないようすでした。聞きたいことはたくさんありましたが、ぼくはいちばん伝えたいことを伝えようと思いました。ありったけの勇気をふりしぼって、ぼくはしゃべりました。

「よかったらぼくと友だちになってくれないかな。きみと仲良くなりたいんだ」

「いいわよ」

ぼくがほっとしたそのときでした。

「秀人(しゅうと)！　どうして公園なんかにいるの！　探したのよ」

うしろをふり向くと、公園の入口でお母さんが立っていました。これはいけない、ぼくはとっさにうそをつきました。

「塾(じゅく)の友だちと試験の話をしていたんだよ」

「友だち？　だれもいないじゃない」

あわてて前を向くと、女の子の姿はいっさいありませんでした。パタリと消えてしまったのです。あとにはやさしい風がふいて、花がひらりとゆれているだけでした。


それからぼくは、学校終わりの夕方三回と休日の昼の一回、合計四回女の子と出会った公園に行きました。でもとても残念なことに、また会うことはできませんでした。絵本のおばけみたいに、ひょっこり家に来てくれるかもしれないと思って、ぼくの部屋の窓をあけたまま寝たこともありました。やっぱり女の子は来ませんでしたし、それどころか次の日かるい風邪をひいて、お母さんにこっぴどく怒られるというおまけが付いていました。

　学校で勉強をしているときも、部活のサッカーをしているときも、ご飯を食べているときも、女の子のことが頭のすみっこからはなれませんでした。家にいても外にいてもどこにいても、ぼくは女の子のことをどこかで考えていました。もういちどあの子に会いたい。三日が経ち一週間が経ち一か月が経つと、もうあの女の子には会えないのだろうかと、悲しい気持ちでいっぱいになりました。

「それは片思いってやつだな」

　同じクラスの親友のゼンにだけ、公園で会った女の子にまた会いたい気持ちを話したけれど――もちろん女の子の「特別な事がら」は話さずに――、これが恋だといわれてもピンときませんでした。あたらしい未知のときめきにめぐり合ったというのではなく、昔から大切にしていた古いおもちゃを取り上げられてしまったような感覚でした。確実に言えるのは、もやもやといつまでも晴れないいきりが、ぼくの心をすっかりおおってしまっていたということです。

ところで学校の図書室に、ぼくのお気に入りの場所があります。それは図書室の一番奥にある本棚と本棚の間です。お気に入りの理由は本がたくさんあることや、静かな場所だということもありますが、何よりもめったに人が来ないのが一番いいところでした。

ここには「人類の進化論」や「哲学がもたらす倫理」といったむずかしい本しか置いていないので、先生ぐらいしか立ちよることがありません。それも、変わり者で有名な算数の先生ひとりだけです。この空間にこっそりいすを持ってきて座り、よくわからないたくさんの本に囲まれていると、まるで自分だけがこの世界に生きているような、ゆかいなさびしさにひたることができるのです。

ぼくは学校の昼休みに、だれよりも早く給食を食べたあと、いつのもののように図書室の奥にひとりで行きました。そうしていすに座って、ぼうっとしていました。するとつぜんあたたかい光が、ぽわぽわとあらわれ、集まってひとつの形を作りました。それはまたしても女の子でした。燃えるような赤い髪をなびかせ、日にやけた黒々と健康的な肌をしていて、服は明るさをしぼったようなオレンジ色。強い芯をもった黒い色の目の奥には、はっきりとした「意思」が感じられました。

女の子をひと目見て、ぼくは公園で会った子だとわかりました。姿かたちはちがうけれど、ぼくの直感がはっきりと「あの子だ」と感じたのです。それに、花のようなかれんなにおいも同じでした。ぼくは試験前のときよりももっとドキドキして、好きなゲームを買ってもらったときよりもずっとうれしく感じました。

「やあ。また会えたね」

「ええ」

女の子の声だけは前と変わらず、りんとしたかれんな声色でした。

何から話そうか。でもぼくがあれこれ言わなくても、女の子にはすべてがわかっているように思えました。それくらい堂々とした、居心地のいい静けさがあったのです。それに、図書室ですから、あまり大きな声でぺらぺらと話してはいけないし。ほんの少しの冷静さと、それよりもうんと大きい喜びのはざまで、ぼくは満たされて声を出せずにいました。すると女の子が言いました。

「この世界はきゅうくつね」

「うん。ぼくもそう思う」

まったくその通りだ、とぼくは思いました。そして「この世界は」という言い方で、やはりこの子はこの地球に住んでいる存在ではないのだとわかりました。でもやっぱりまったくこわくありませんでした。

「ぼくの思い通りにしたいわけじゃないんだ。いやなこともあって当たり前だからね。でもさ、世の中の戦争はなくならないし、今のところ戦争のない今の日本に住むぼくも、あんまり毎日楽しくないからね。まだ小学五年生だけど、やらなきゃいけないことがたくさんあって、いそがしいんだ。きゅうくつ、なんだと思う」

「進歩と進化はちがうのよ」

あっさりと言った女の子の言葉の意味が、ぼくにはよくわかりませんでした。

「それってどういうことかな」

そう言いかけたとき、カタンとうしろで音がしました。

「工藤秀人(くどうしゅうと)くんじゃないか」

「東（あずま）先生」

変わり者の算数の先生が、立っていました。そしてあわてて前を見ると、やっぱり、女の子の姿はかけらもなくなっていました。女の子のいた跡（あと）といえるものかもしれない、白い光がぼくの手のひらでぽわっとうかんで消えました。

せっかく、ようやく会えたのに。ぼくはがっかりした気持ちをおさえながらも、先生に女の子の言葉を聞いてみようと思いました。

「先生。人間は、進歩しているんですか、進化しているんですか」

先生は一瞬（いっしゅん）口をぽかんとあけて、びっくりしたようすでした。が、次の瞬間（しゅんかん）身をのり出しました。

「工藤（くどう）くん、なかなかむずかしい問題に目を向けているんだね。面白いじゃないか。そうだね、人類の文明は発展をしてきた。それは進化といえるだろう。君らが身近で使っているもの―たとえばスマホひとつにしたって、文明の利器（りき）にちがいない。さまざまな文化が生まれ、変化のスピードもかつてないほど速い。だが」

先生は言葉を区切り、ぼくにいすに座るようにすすめました。ぼくは座って話を聞きました。

「進歩しているかと言われると、決してそうだと言えないな。少なくとも、先生はそう思っている」

「それは、なぜですか」

先生は、うーんと少し間をおきました。ぼくにもわかる言い回しを考えてくれているのだと思い、ぼくは待ちました。

「そうだね、豊かさ、を考えてみると、わかりやすいかと思う」

「人類は物理的に豊かにはなった。でも、心が豊かになったかというと、それはまたちがう問題だ。心の豊かさ、という意味においては、物理的に豊かになって、むしろ貧しくなった側面もあるかもしれない」

「それって、物があふれて便利にはなったけれど、人間らしさ、人としての部分が大切で、そこは成長していないっていうことですか」

先生はにやりとしました。細くなった目が、まるでかしこいキツネみたいだ、とぼくは思いました。

「そうだ。君はなかなか、やるじゃないか」

キーンコーンカーンコーン。ああ、もう昼休みが終わってしまった。ぼくは東先生に頭を下げると、あわてて教室へと向かいました。でも間に合わなくて、先生に注意されてしまいました。

「どうしたんだよ、秀人が遅刻なんて、めずらしい。可愛い女の子でも見つけたか?」と、あとでゼンにさんざんからかわれました。あながち嘘でもないので、ぼくは苦笑いするしかありませんでした。

それから東先生とぼくは仲良くなって、ときどき話すようになりました。先生はぼくに、いろんな本をすすめてくれました。受験勉強には役立ちそうになかったけれど、別のところで—先生風に言うと「心の豊かさ」の面で—良い知恵を貸してくれました。成績も順調で、お母さんの機嫌（きげん）も良かったし、ゼンや他の友だちとするサッカーは楽しい。ぼくの日々はそれなりに、いやそれなり以上に充実（じゅうじつ）していました。

　けれど、秋の季節と同じく、ぼくの心にもすきま風が吹（ふ）いていたのは事実です。あれからあの女の子には会えませんでした。あの子が超能力者（ちょうのうりょくしゃ）だとしても、宇宙人だとしても、妖精（ようせい）だとしても、もしくはあまり想像したくないけれど幽霊（ゆうれい）だとしても、そんなのはどうでもよかったのです。ぼくはあの子のおかげで、自分の内側にねむっていたはじめての感情を知ることができました。なんとも言えない、表現できないけれど、素敵な感情です。そしてその素敵な感情のおかげで、ぼくはぼく自身の心にぽっかりとあいた穴と向き合う勇気がもてました。

　ぼくのお母さんはいわゆる「教育ママ」です。でもそこには、ぼくに優秀（ゆうしゅう）になってほしいという思いだけじゃない、お母さんの心のさびしさがあると気が付きました。お父さんとうまくいってないやるせなさ、お母さん自身のコンプレックス、それらがぼくへの期待やプレッシャーの裏側の心です。だからこそ、ぼくは、お母さんのためじゃなく、自分のために勉強することにしました。自分のためだと思うと、すがすがしくて、勉強もむしろはかどりました。

東（あずま）先生が貸してくれた「アダルトチルドレン」という本も、ぼくの悩みの解決にひと役買ってくれました。先生も、昔子どものころ、親といろいろあったようです。先生は、自分が発達障害（はったつしょうがい）であることも、ぼくにだけ教えてくれました。

「どんな先生も、先生の一部だから、いいんじゃないですか」

そう言うと、先生の目は少しうるんでいました。

「君は医者になるといいよ。きっと良い医者になる」

ぼくが医者になるかどうかはわからないけれど、どんな姿かたちでも、あの子があの子であればいい、と思ったから。だから、ぼくはぼくであっていいし、先生にもそのように思ったのです。

ぼくの日々はこうやって過ぎていくのかな、と思いました。一年が経ち二年が経ち、いつしかぼくの中で、あの女の子との出来事が良い思い出になりました。

　中学生になったぼくは、相変わらずいそがしい日々を過ごしていました。勉強に、サッカーに。ゼンとは別々の学校になってしまいましたが、ときどき連絡(れんらく)を取っています。でもぼくにとって一番大きかったのは、一葉(いちよう)という女の子とお付き合いを始めたことでした。同じクラスで、仲良くなって、ぼくから告白して。そして初めてのデートで植物園に行くことになりました。ぼくはうきうきして、前日の夜、あまりねむれずに、夜空を見つめていました。月が、きれいです。月を見ていると、ぼくは、迷子だった不思議な女の子のことを思い出しました。

　あの女の子のことは、今もだれにも言っていません。言っても信じてもらえないのがわかっているからです。ぼくはベッドに腰(こし)かけました。

「元気に、今ごろ自分の星に帰っているかな」

　ひとりごちたそのときです。ガタガタと机といすが動き出し、ヒュウウウー。

ヒューッ。目の前で―ぼくの目の前でだけ―大きな風が吹きました。

ぼくはあわてて立ち上がりました。

そしてとっさに窓に目をやりました。

窓はきっちり閉まっています。

なんなんだ、これはいったい、なんだ。

「……けて」

かすかな声が聞こえて、ぼくは耳をすませました。緊張で手をにぎりしめ、額には変な汗が流れています。

「助けて」

ぼくはおどろいて目を見開きまし

た。それは、ぼくがはっきりと覚えている、あの女の子の声でした。

「君か。君なのか」

「助けて。クロボシが、来る」

「クロボシってだれなんだ？　君は、いったいー」

もう一度ヒューッと風が鳴ると、何事もなかったかのように突風はなくなり、いすがガタンと横になりました。

ぼくはただただ立ちつくしました。


次の日の朝、ぼくは一睡もできずに、初デートの日をむかえました。ジャケットのポケットに植物園のチケットを無造作につっこみ、玄関の鏡を見ると、目の下に大きなクマを作った、ひどい顔のぼくが映っていました。どうすればいいんだ。どうすれば、あの子を助けられる？　考えても考えても、答えは出なかった。ぼくにできることは、何もない。ぼくは無力だ。ぼくは落ちこむ心と重い身体を引きずって、なんとか家の外に出ました。

とぼとぼと最寄(もよ)りの駅に向かって歩いていると、街のようすがなんだかおかしいことにぼくは気づきました。あちこちに黒いもやのようなものが立ちこめているのです。見まちがいかな、と思って目を何度もこすりましたが、見まちがいではありません。

これは、なんだ。ぼくが一番近くにある、ひときわ大きい黒いもやをじっと見ると、もやが話しかけてきました。

「おまえだな。秀人(しゅうと)。あれを、見ただろう」

「なぜぼくの名前を知っている。君はだれだ」

「あれはどこに行った。あと少しのところで、にげていきやがった」

まさか——ぼくはごくりと唾(つば)を飲みこみ、両手をぐっとにぎりしめました。

「君が、クロボシか」

黒いもやは、ハハッと気味悪い笑い声をあげた。

顔があるわけではないけれど、にやにやしながらぼくをあざけっている、そんな気がしました。

「そうだ。私がクロボシだ。あれは、どこににげたんだ。答えろ。さもないと、おまえは私の呪（のろ）いを受けることになる」

「どこにいるかは、ぼくだってわからない。でも、あの子を助けたいと思っている。だから、君は敵だ」

クロボシは、ぐにゃりと体を―黒いもやを―ゆがませると、さけびました。

「ふざけるな。おまえにできることは何もない。気に入らないやつだ。おまえは私の呪（のろ）いを受ける。苦しみながら、死んでいくがいい」

とたんに黒いもやは、ぼくの体中に巻き付いてきて、そのあと霧（きり）のように消え去りました。どこかに行った……のか？　にげたのか。いや、そんなはずはない。

ぼくはもうくたくたで、とにかくのどが渇（かわ）いて、冷たい水を飲みたいと感じました。

異変が起きたのはそのすぐあとからです。

「おまえは生きる価値のない人間だ」

「おまえは幸せにはなれない」

「だれを助けることもできない、何もできない非力（ひりき）な人間」

自分を攻撃（こうげき）する声、声、たくさんの声が、ぼくをおそってくるのです。周りの人々は、楽しそうに談笑していたり、何事もなく通り過ぎていきます。おそらくこの声は、ぼくにしか聞こえていない――ぼくの頭にしか。

ちがう。ぼくにだって価値はある、ぼくだって幸せになれる、でも――。

たしかにぼくは、非力（ひりき）だ。あの子に何もしてあげることができない。

「ほうら、おまえは何もできないじゃないか」

「おまえにできることは、今も、これからも、絶対にない」

「死んでしまえよ……」

ぼくの心が、ぱりんとくだけてこわれた音が、ぼくにはたしかに聞こえました。ぼくの意識は、ゆっくりと遠のいていきました。

「秀人。ご飯、おいておくからね。食べてね」

ドアの向こうで母の声がする。ぼくは、のっそりとベッドから上半身を起き上がらせると、

「いらない」

ぽつんとつぶやいて、また布団をかぶってベッドに横になりました。あれからぼくは、外に出ることができなくなり、当然学校へも行けなくなり、自分の部屋にひきこもるようになりました。悪意のある無数の声にも悩まされ続けています。

クロボシが言っていた呪いとは、これのことだったんだ。あとから気づきましたが、もう時すでに遅しでした。どうしようもなく、心も体もつかれ切っていて、ただ寝こむことしかできませんでした。

母は半狂乱になり、仕事でいそがしい父と、大声でけんかするようになりました。

ああ、うるさい。とにかくぼくを休ませてくれ。静かにねむらせてくれ。

一度こわれた心は元にもどらない。電池の切れた状態の今のぼくを見て、みんななんて思うだろうか。いや、そんなこと、もうどうでもいい。ずっとねむっていたい──。

ぼくは頭までかぶった布団をぎゅっとにぎりしめて、目をつぶりました。

あれからさらに三年の時が経ちました。ぼくの体調は、少し良くなりました。呪(のろ)いの声は聞こえるけれど、声の量と質は減り、明日のきざしが少しずつ見えてくるようになりました。

母は、カウンセラーからカウンセリングを受けるようになりました。以前のように荒(あ)れることが減り、おだやかになりました。母は、どんなときも、毎日ご飯を用意し続けてくれました。

責めるでもなく、ただ待ってくれている姿勢は、傷ついたぼくにとって心地好いものでした。信じて見守ってくれている安心感の中、ぼくはゆっくり休むことができました。

仕事ばかりだった父は、仕事をセーブして家に帰ってきてくれるようになりました。母と父の関係にも、ぼくのことを通して、時間はかかりましたが良い変化ができているようでした。

どこからかぼくのことを聞きつけた東(あずま)先生も、うちに何度となく来てくれました。夏目漱石の「こころ」、宮沢賢治の「銀河鉄道の夜」、それ以外にも先生はたくさんの本を置いていきました。

友だちのゼンも、たびたび連絡をくれました。

「秀人とまた遊べる日がくるの、楽しみに待っているから」

時間と、人とのつながりが、少しずつぼくの心を回復させてくれました。

ぼくは閉めきっていた窓のカーテンを開けるようになりました。部屋を片付けるようになりました。ご飯を食べるようになり、おふろに入り、歯も磨き、お薬の力も借りながらぐっすりねむれるようになりました。

そうしてあるとき、父が言いました。

「秀人。どうだ、外に、出てみないか」

「うん」

素直にうなずいたぼくに、母は泣いて喜び、父はやさしい微笑みを見せていました。

まだほんの少し肌寒(はださむ)かったので、ぼくは、ジャケットを着て、父と母と外を散歩しました。

「良い天気だなあ」

「うん」

「秀人(しゅうと)がうんと小さいころも、こうやって、三人で散歩していたのよ」

「そっか」

静かな、それでいておだやかな時間です。母が言いました。

「秀人(しゅうと)、そのジャケット。お気に入りだったもんね」

「そうだっけ」

「そうよ。いざってときにはそのジャケット着ていたじゃない。ゼンくんと出かけるときや、秀人(しゅうと)がたおれた日、女の子とデートのときにも─」

はっとしてポケットに手を入れると、何かの紙に手があたりました。それは、三年前行くはずだった、植物園のチケットでした。

ぼくの次の行き先は決まった、ぼくは直感でそう思いました。

「一名です。お願いします」

久しぶりに電車に乗り、街を歩き、目的地の植物園に着くことができました。

内心どぎまぎしながらも、ぼくはおずおずとお金を受付のスタッフさんにわたしました。ひとりでだいじょうぶ？　と父と母には心配されましたが、ぼくひとりで行くよと決心を伝えると、こころよく見送ってくれました。

「いってらっしゃい」

受付の女性に、にこっと笑顔で見送られ、ぼくはゲートをくぐりました。

植物園にはきれいな花が咲(さ)いていて、あたり一面、素敵な空間でした。

庭を全部見て回ろうと思い、ぼくがぽつぽつ歩いていると、清掃(せいそう)のおじさんが話しかけてきました。

「良い時期に来ましたね。今は、ちょうど、バラが見ごろですよ」

「そうみたいですね」

　たくさんの花の中でも、ひときわ存在感を放ち、咲き乱れていたのがバラでした。

「きれいだなあ」

　これまでは花にそれほど興味はなかったのですが、傷ついた経験のあとでは、見える世界がちがいました。咲きほこる花だけでなく、晴れわたる空や、道端に咲いた花、虫や木や、自然にたいして前よりもっとずっと「美しい」と思えるようになったのです。

　ぼくが歩みを進めると、バラのアーチがありました。アーチをくぐると、ぼくの靴の上にひらりとひとひらの花びらが落ちてきました。

「花びら?」

　空を見上げると、風といっしょに花が舞い降りてきました。風はやむことがなく、花はどんどん増えていき、やがて、不思議なことに花のトンネルが完成した

のです。

ぼくの心の芯（しん）の部分が、トクンと高鳴りました。もしかして―あの子が、いるのか。

ぼくは迷わず花のトンネルを進みました。確信に満ちた希望が、ぼくの足をしっかりと支えていました。

花のトンネルの先にあったのは、真っ白い世界でした。そして、傷だらけで白い服を着た小さな女の子が、そこに立っていました。髪（かみ）はおかっぱで、目はうさぎのように真っ赤でした。女の子は涙（なみだ）を流し、言いました。

「巻きこんでしまったわね。ごめんなさい」

ぼくは首をふり、

「いいんだ。だれも悪くない」

女の子はぼくの手をそっとにぎりました。

「私はもうすぐ消える。最後に、友だちになってくれたあなたに会いたかった」

「ぼくは」

ぼくは、自然と頬(ほお)に伝い落ちる涙(なみだ)を止めませんでした。止めようとも思いませんでした。そうして女の子の手を、ぎゅっと力強くにぎり返しました。

「君に、伝えたかった。君に会えてうれしかったこと。ぼくが君を大好きなこと。そして―」

ぼくたちに残された時間は長くない。これまでだって、これからだって。でも、それでいい。人生は刹那(せつな)のように短い。だからこそ、会いたい人に、伝えたい言葉を、伝えなくちゃ。

「ありがとう」

女の子の体から、ウロコのようにたくさんのキラキラした破片がこぼれていって、まばゆい光が女の子を包みました。そして―つやつやした長い黒髪(くろかみ)に、黒い目、十二単(じゅうにひとえ)のような色あざやかな着物を着た、ぼくと同じ年くらいの、それはそれは美しい少女になりました。

「秀人。私も、ありがとう」

ぼくたちは抱きしめ合い、喜びを分かち合いました。光がぼくたちをやさしく包んで—ぼくは植物園に、元いた世界にもどっていました。ぼくの足元には、一輪の可憐なバラが、ずっと前から存在していたように咲いていました。

あれから十年の時が経ちました。ぼくは二七歳になりました。ぼくは、あの子は、天使だったんじゃないかと今では考えています。だれが何と言おうと、あの子はきっと、天使だったのです。

ぼくはバラの育種家になりました。育種家というのは、バラを交配させて、新しい品種のバラを生み出す仕事です。ぼくは初めて自分で作ったバラに、アンジュ—フランス語で天使—と名付けました。

いつかきっとまた彼女（かのじょ）に会える。ぼくはそう信じています。
いつか、この命をまっとうしていれば、精一杯（せいいっぱい）生きていれば、幸せの種がまかれて、彼女（かのじょ）はきっとあらわれる。
それは、今日みたいな美しい花々が咲（さ）きほこる
――そう――こんな、バラの咲（さ）く日に。

バラの咲く日に ～ゼンの物語～

　おれは今井ゼン。いたって元気な小学五年生の男の子で、おれの親友は工藤秀人だ。秀人とは性格も家庭環境もちがうけれど、とても気が合う。あいつは良いやつだ。そんなおれには、最近気になる子がいる。

「秀人さあ、こないだ話してた、好きな子とはどうなったんだよ」

「ぼく？　いやあ、何もないかな。会えてないし。なかなか会えないし」

　学校の昼休みに、おれと秀人はおしゃべりしていた。秀人は塾に通っていて、サッカーもしているので、いそがしい。休日も遊びに行ける日が少ない。まとまって話せるのは、学校にいる間だ。だからおれは、秀人に言いたいことを、なるべく学校にいる間に全力投球で言う。単刀直入に、とも言えるだろう。

「だったらさあ、次会えたら、さっそく好きだって告白しちゃえよ。オッケーもらえるかもしれねえじゃん」

普段やわらかく微笑んでいることの多い秀人が、明らかな苦笑いをする。こういうときの秀人は、何か隠しているとか都合が悪いことがあるのだと、おれは知っている。

「ええっ。いいや、うーん」

秀人は目線を少し下にずらして、苦笑いの顔をさらにゆがめる。うーんと、うなる秀人の仕草は、どんなものでもさわやかだ。サマになっている。秀人が女子にモテるのもわかるな、おれも女の子だったらほれていたかもしれない、とおれは思った。

「ぼくのことより、ゼンはどうなの。そういう子っているの」

おれは頬を赤らめて、あわてて手をふった。

「こんなとこで、それ言うな！」

「あれー？　ゼンくん。ということは……」

「ふたりとも、何話してるの？」

ひょこっといきなりあらわれた同じクラスの女子・成城あおいに、おれはますますたじろぐ。なぜなら彼女こそが、おれの気になる子だからだ。

「なんでもないよ。ゲームの話」

どぎまぎしているおれを横目に、秀人はすかさずにこっと微笑んで、おれの未来の彼女（になる予定）のあおいちゃんに、返答した。顔色ひとつ変えずさらりと嘘をいえる秀人は、さすがだ。

「そっか。先生が、工藤さんにこのプリントをわたしておいてって。じゃ、またね」

「ありがとう」

プリントを手わたすと、あおいはさっさと教室から出て行った。秀人がにかーっとピカピカに笑う。

「で、ゼン、なんで成城さんが気になるの？」

「お、おお。それは、顔が可愛いのと、それと」

　他の子たちに聞こえないように、おれはぼそぼそと秀人に話を続けた。

「あいつ、なんか、たまに、色っぽいんだよな。遠くを見つめて、さびしそうにしてる感じ。それが、なんともいえないぐらい、惹かれちゃって」

「そうかあ」

　秀人はうーんと少し考えこむと、口を開いた。

「たしかに成城さん、最近なんか元気ないよね。ときどきふっと影があるというか」

「そう！　そんな感じ！　影がある。その言葉！　さすがだな、秀人」

「おほめいただき光栄です」

　そうやっておれたちは笑い合った。このときは、おれも、きっと秀人も、そこまで深く考えていなかった。このあと起きることなんて、予想もしていなかったのだ。

放課後の鐘が鳴る。秀人はこのあと塾があるからと、足早に帰っていった。おれは家に帰ってもだれもいないのがわかっているので、教室で暇をもてあましていた。

「今井さん」

声をかけてきたのは、成城あおいだった。

「成城さん、何、どしたの」

好きだからこそ、ぶっきらぼうな返事になってしまう。おれのこの心をわかってほしい……。

「今井さんは、まだ帰らないの?」

「うん、おれは、そのうち。家帰ってもまだだれもいないし」

「えっ、お母さんとお父さん、そんなに帰ってくるの遅いの?」

「ああ……」

おれは一瞬迷ったが、家庭の事情を話すことにした。

「おれん家、お母さんしかいないから。お父さんととっくに離婚してシングルマザー。お母さん、仕事かけもちしてて、いそがしいから。まだ帰ってこないよ」

「えっ、そうなんだ。なんかごめん」

あおいは明らかにあわてていた。悪いと思ったのだろう。

「いや、気にしなくていいよ。離婚なんていまどき普通だろ？　成城さん

のほうこそ、まだ帰らないの」

おれがあっけらかんと話すと、あおいはしばらくだまりこんでしまった。

「……なんかあったの？」

親とけんかでもしたのかな。そう思いながら、おれはあおいの目をまっすぐ見つめた。あおいは、重たい口を動かした。

「言っても、こまらせるだけだと思って、これまでだれにも話したことないんだけど……」

あおいは、遠い目をしてぽつりぽつりとしゃべり出した。それは、おれが好きな、あおいのさびしげな—まさしく影（かげ）のある、そのまなざしだった。

「私のお父さん、いつもお酒、飲んでるの。お酒飲んで、暴れて、お母さんをなぐるの。私それが、つらくて」

おれはおどろいた。どう声をかけたらいいのかわからなくて、固まってしまった。

「ごめんね。びっくりするよね。普通、ひくよね」

あおいは悲しい瞳で、カタカタと震えながら、スカートのすそをぎゅっと握っていた。

「いや、ひいたりしないよ」

おれはとまどいながらも、どう答えたらあおいの心の霧が少しでも晴れるだろうかと、頭をフル回転させた。

「話してくれて、ありがとう。そんなつらいこと、ずっと我慢してたんだよな」

あおいの目から涙が、次から次へとこぼれ落ちた。あおいは声を震わせて、言った。

「うん……。つらくて。でもどうしたらいいか、わからなくて」

「先生には話したの？　話しづらかったら、おれから話してもいいよ」

「まだ……。でも、自分で話してみる。ありがとう」

おれはどうしてあげようもなくて、ただ、ただ、むせび泣くあおいのそばに、じっとしていることしかできなかった。

その日の夜、おれはアパートに帰って、母さんが帰ってくるのを待っていた。今日はなんだか疲れたので、少しでも母さんと話したかった。話して楽になりたかった。

「ただいま」

扉の開く音といっしょに、疲れた顔の母さんが、帰ってきた。

「おかえり、母さん」

「ゼン。今日も遅くなって、ごめんね。これから簡単にだけど、ご飯作るから」

「うん。母さん、少し話せる？」

「もちろん、いいわよ。作りながらになるけど、だいじょうぶ？」

「もちろん。あのさ、母さんは、父さんのこと、許してる？」

台所で手を洗い始めた母さんの、背中が一瞬びくっと震えた。

「なあに、どうしたの、急に」

「おれの同級生の子の家も、いろいろあるみたいで。母さんは、どうなのかなって」

おれの父さんは、おれが赤ちゃんのころに、他に好きな女の人ができて、おれと母さんを捨てた。それでも母さんは、たったひとりでおれを育ててくれている。パートの仕事をかけもちしていて、いっしょにいられる時間は少ないけれど、おれは母さんと暮らせて幸せだ。

「そうねえ……」

母さんは器用に手早くじゃがいもの皮をむきながら、言った。

「許してるって言ったらウソになる。いろんな思いがあるのは事実。でもね」

ときどきアパートの他の部屋から物音や声が聞こえてくることがあるけど、今夜は母さんのシャッシャッとじゃがいもの皮をむく音以外は、聞こえてこない。

静かで、良い夜だ。

「私は、あの人と結婚したこと、後悔はしていない。だって、ゼン、あなたを産むことができたから」

　背中を向けて料理をしている母さんの顔は、見えなかったけど、そのはっきりとした声で、本音だとわかった。おれは心の底からうれしかった。

「くすぐったいなあ」

　おれがおどけると、母さんはくすっと笑った。

「みんな、いろいろあるわよ。そういうもん。あんたの友だちの、秀人くんのお母さんもね、こないだ授業参観で会ってあいさつしたけど、こんなことあんたに言っていいのかわからないけど、なかなか手ごわそうだったわよ」

「知ってる」

　秀人のお母さんは、おれと秀人の仲が良いのを、気に入らなく思っている。秀人の家に遊びに行ったときも、子どものおれでもわかるくらい、おれに対しては嫌そうな顔をする。「シングルマザーの子どもとは付き合うな」ぐらい秀人は言われていると思う。差別、偏見。秀人は何も言わないけど、秀人の母親の秀人への執着も、異常だ。教育ママといえば聞こえはいいが、秀人をお人形か何かのようにあつかっている。秀人だってそれはわかっていると思う。でも、秀人は何も言わずに、受け入れて、いつもやさしく微笑んでいる。秀人の母親は、自分の子どもである秀人に、甘えてるんだって、おれは思っている。

「秀人は、友だちじゃないよ、親友。だれが何を言おうと、おれらの友情は変わらないから」

「その言葉を聞いて、母さん、安心したわ」

　夜が過ぎていく。今このときも、あおいの家庭はめちゃくちゃなんだろうか。ぐっと泣くのをこらえて過ごしているんだろうか―。おれの頭をよぎった想像は、おれの心を重たくさせた。

　次の日の朝、学校へ行くと、あおいは学校を休んでいた。おれはすごく心配になって、秀人に昨日の出来事を話した。

「そうか……。成城さんの家が、そんなことになっていたんだね」

秀人はトントンと指で机をたたいた。

「ゼン。これは、子どものぼくらが抱えるには大きすぎる問題だ。まず、先生に話そう。それから、ぼくの父親にもいっしょに話してみよう。ぼくの父は、精神科医だから、何か相談にのってくれるかもしれない。ちょうど今日はめずらしく家にいるはずだから、学校が終わってからぼくの家に来れる？」

「もちろんだ」

「ちなみに、ぼくの母親は出かけていていないからね」

「そっか、ＯＫ」

秀人もいろいろ勘づいていて、気をまわしてくれているのだ。秀人の母親に嫌な顔をされるのは、わかってはいてもきついものがあったから、助かった。

子どもは大人が思っているよりも、ずっとよく見ている。そのことに気づいている大人はいったいどれだけいるのだろうかー。

先生にあおいの家の事情を話したあと、おれと秀人は秀人の家に向かった。おれが住むおんぼろアパートとはちがう、二階建てで庭もある大きな家。広いリビングに通してもらうと、秀人の父がソファに座ってくつろいでいた。

「秀人くんのお父さん。こんにちは」

「やあ、ゼンくんだよね。こんにちは」

秀人はめったに父親のことを話さない。仕事でほとんど家にもいないそうで、会話もないようだ。おれも母さんとそんなにいっしょにいられないが、母さんはそばにいるときはなるべく話してくれる。秀人のお父さんも、初めて会ったが、全然悪い人ではなさそうだった。

「何か話したいことがあるようだね。君たちも、座って」

「あ、はい」

ふかふかの五人掛けぐらいのソファ。おれは、秀人がほんの少しうらやましくなった。

「さっそくなんだけど」

秀人が淡々とした口調で切り出す。

「父さん。ゼンから聞いた同級生の子の話なんだけど。ゼン、話せる？」

おれは少し緊張しながらも、話した。

「同級生の成城あおいっていう子の、お父さんが、お酒を飲んだら暴れて、成城さんのお母さんをなぐったりするって聞いて。どうしたらいいんですか」

「ほう」

秀人のお父さんの目の奥が、一瞬ギラッと光った。

「その子のお父さんは、検査をしてみないとはっきりとはわからないが、アルコール依存症の可能性があるね。アルコール依存症は、たくさんのお酒を長い間飲み続けることで、お酒がないとどうにもならなくなる状態になる、れっきとし

た病気だよ。心にも体にもその影響が出て、仕事ができなくなるなどのいろんなこまりごとが出る」

「そうなんですか。どうしたら、治るんですか」

「いや、アルコール依存症は、完治はしない。でも、回復はできる。お酒をやめてしらふの状態でいる、断酒というんだけどね、その状態を続けることで、普通の生活ができる」

「じゃあ、その回復は、どうやったらできるんですか」

おれの矢継ぎ早な質問にも、秀人

のお父さんはひとつひとつ丁寧に、きっぱりと答えてくれる。秀人も頭がいいが、秀人のお父さんもかなり頭が良さそうだ。さすが秀人の父親だとおれは思った。

「アルコール依存症からの回復は、精神科病院につながって治療を受けること。それと、自助グループに通うこと。これらなしでの回復は、むずかしい」

「自助グループ？」

　精神科病院は、病院だというのはわかるけれど、自助グループってなんだ？　おれは頭がこんがらがってきた。秀人のお父さんは、姿勢をくずさずに、言葉を選びながら話を進めた。

「子どもの君たちには、むずかしい話だと思う。すまないね。でも、大切なところだから聞いて欲しい。自助グループというのは、依存症の人たちで運営している組織のことをいうんだ。依存症の人や、その家族が例会やミーティングに参加して、自分の体験談を語ったり聞いたりする。そういう仲間たちとの交流が支えになる居場所なんだよ」

「じゃあ、病院につながって、自助グループにもつながれば、成城さんのお父さんのお酒が止まって、暴力もなくなって、解決するんですね」

「そうなるのが一番だ。だけどね。アルコール依存症は否認の病と言われていて、自分では依存症であることを認めたがらない場合がほとんどだ。お酒をやめたい気持ちが本当は心の奥底にあっても、それ以上に心と体がお酒を求めてしまう、コントロールができない脳になってしまっているんだよ。甘えとか怠けてるんじゃなくて、そういう病気なんだ。ガンになってしまった人に、どうしてガンになってるんだと責めることはしないだろう？　でも、アルコール依存症の人には、周りも責めてしまいがちになる。それだけ、家族も巻きこまれる、おそろしい病気なんだ」

「そうなんですか……」

「他の依存症も同じく、根底にあるのは『生きづらさ』だ」

生きづらさ。きっとおれの中にも、それはあるかもしれない。深いところに根ざしているかもしれない……。そして秀人の中にも、きっと。

秀人のお父さんは、秀人と同じような、やさしいまなざしでおれを見つめた。

「ゼンくん。君の、同級生の子を助けてあげたい、なんとかしてあげたいという気持ちはよくわかる。だが、ここから先は本人と家族の問題になる。ゼンくんも、秀人も、けっしてその子の親に会いにいったりしないこと。いいね？　そして、その子が苦しんでいるようすなら、話を聞いてあげるといい。無理せず、聞ける範囲で、ね。わかったかい？」

「はい」

おれと秀人は、こくんとうなずいた。

帰り道、おれは考えた。本当におれには何もできないのか？　おれにできることはひとつもないのか？　自助グループって？　あおいのお父さんの病気のことを聞いて、わからないことだらけだった。

一番わからないのが、自助グループだ。そこに行くことにいったいなんの意味があるのか？　おれは―何もしないのか。それでいいのか。考えても考えても結論はでない。底なしの沼にはまっていく気分だった。どうせすっきりしないなら―おれは、決めた。そして数日後の夜、行動に移した。

自助グループのひとつである、断酒会に、おれは足を運んだ。

その日の夜は近所にある公民館で開催されていて、おれは緊張マックスになりながら、二階にある断酒会場に入った。

入ってみて、おどろいた。アルコール依存症の人やその家族が来ると聞いていたから、てっきり雰囲気が暗いと思っていたけれど、何人もの人たちがいて、みんな和気あいあいとおしゃべりしている。とくに年配の―母さんより年上と思われる女性たちは、楽しそうに、雑談していた。

「あら、こんばんは。親御さんのことで来られたの？　よく来たわねえ」

そのうちのひとりの女性に話しかけられて、おれはたじろいだ。

「こんばんは。あっ、いえ、親じゃないんですけど。友だちの親が、この病気で。アルコール依存症を、知ってみたくて」

どぎまぎしながら話すと、

「そうなのね、偉いわあ。あ、そこの名簿に名前書いていってね」

「はい」

おれは指差された名簿に、今井ゼンと書き記す。女性はにこやかな笑顔で、

「うしろにいる子も、お友だち？」

はっとうしろをふり向くと、そこには秀人がいた。

「秀人。来てくれたんだな」

「ああ。ゼンひとりじゃ、心細いだろうし」

「塾はさぼったのか？　秀人のお母さんに、あとで怒られないかな。だいじょうぶか？」

秀人はさらっと言った。

「平気だよ、一日くらい。それに、たまにはずる休みしたい気分だったからね」

「ははっ、なんだそれ」

二人で顔を見合わせて、笑う。秀人も名簿に名前を書きこんでいると、スーツを着たパリッとした身なりの老人の男性がこちらに向かってきた。

「こんばんは」

低く、落ち着いた声だった。おれたちは頭を下げた。おれたちに話しかけてくれた女性が、間髪入れずに答える。

「理事長、この子たち、お友だちの親が依存症なんですって。それで、病気のことを知ろうと思ってきてくれたんですって。立派よねえ」

理事長と言われた男性が、答える。

「そうかあ。本当に、偉いなあ。よく来られました」

おれはどきどきしながらも、この人が何者か知りたいと思った。

「ありがとうございます。理事長さんは、病院の先生か何かですか?」

女性と理事長は、一瞬ぽかんと口を開けて、顔を見合わせて、それからぷっと吹き出した。

「ははは。わしは、本人じゃ。アルコール依存症当事者」

「ええっ」

見えない。とてもじゃないけど、アルコール依存症の人には見えない。ひげもそっていて、身なりもきちんとしていて。もっと服装もボロボロの人が依存症当事者だとおれは思っていたので、ここでもまたびっくりした。女性が笑いをこらえながら、言う。

「理事長、スーツ着てるから。あ、ちなみに私は依存症家族ね」

理事長はまじめな顔になると、

「依存症者でも、例会に通って酒をやめたら、普通の人と変わらない生活が送れる。それを、わしらを見てわかってくれたかな?」

「はいっ」

ぼくと秀人が、ぴったり声が合わさって返事したため、女性と理事長はまたにこにこ笑った。

断酒会の例会が始まると、とたんにみんなおしゃべりをやめて、真剣に聞き入った。祈念黙とういう、誓いを依存症者本人と家族が読み上げた。

心の誓い

私は断酒会に入会して、酒をやめました。これからどんなことがあっても、酒でうさをはらしたり、卑怯な真似はいたしません。私は、今後いっさい酒を飲みません。多くの同志が酒をやめているのに、私がやめられないはずがありません。私も完全に酒をやめることができます。私は、心の奥底から、酒を断つことを誓います。

家族の誓い

私の家族は、断酒会に入会しました。あれほど好きな酒をやめるのは、本当につらいことでしょう。断酒を決意した家族は、偉いと思います。家族の酒癖は、病気です。病気だから治さねばなりません。また治すことができます。心も体も立ち直らさねばなりません。家族の悩みは、私の悩みです。家族の酒を断つために、少しでも力になって、共に苦しみ、共に治します。断酒会の皆様と共に、家族の断酒に協力し続けることを誓います。

そして、断酒の誓いをみんなで唱えた。

一、私たちは、酒の魔力にとらわれて、自分の力だけではどうにもならなかったことを認めます。

一、私たちは、過去の過ちを悟り、迷惑をかけた人々にできるだけの償いをいたします。

一、私たちは、たがいに助け合い、はげまし合い、酒癖に打ち勝って、雄々しく新しい人生を造ります。

一、私たちは、酒癖に悩む人々の相談相手となって、酒をやめるように勧めます。

一、私たちは、宗教や思想に関係なく、断酒会の同志として団結します。

断酒の誓いが終わり、理事長のあいさつのあとで、いよいよ司会者がひとりずつ指名して、順番に体験談を語り始めた。

「私はお酒でこれだけのことをやらかしてしまった。どん底だった。つらかったしずっと苦しかった。でも、お酒をやめることができた。それは、自分ひとりの力ではむずかしかったように思う。仲間の力で、体験を聞くこと・語ることで、私は酒のない新しい人生を歩むことができました……」

依存症者本人の体験はもちろんのこと、家族の人の体験は涙なしに聞くことがなかった。本当に地獄のような日々を経て、今がある。あおいの家も、きっと、こちらが思う以上にひさんな状態なのだろう。横をちらりと見ると、秀人も真剣に聞き入っていた。

「次は、今井ゼンさん、もし話せるようなら、ひと言お願いします」

司会者に、おれがあてられた。おれは最初、話す気はなかった。けれど、アルコール依存症者本人・家族たちの、真剣に本音でぶつかり、体験談を語る姿を見て、おれも話してみようと思い、まわってきたマイクを手に取った。

「だいじょうぶ?」

秀人が心配そうな顔でおれの足をツンツンした。おれは小さくうなずき、話し始めた。

「おれの同級生のお父さんが、アルコール依存症です。同級生の目の前で、同級生のお母さんをなぐったりしているそうです。おれは、その話を聞いて、そのお父さんは最低だと思いました。お酒を飲まなければいいじゃないか、とも思い

ました。でも、おれの親友のお父さんが、アルコール依存症は病気なのだと言っていました。そしてこの例会に参加させてもらって、みなさんの体験談を聞いて、家族だけでなく、アルコール依存症者本人も苦しんでいるのだということがわかりました。苦しんでいるからといって、してきたことの罪は消えないけれど、家族のために、何より自分自身のためにお酒をやめる行動をとってほしい。同級生のお父さんにも、自助グループを知ってもらいたいと思いました。今日は参加できて

よかったです。ありがとうございました」

ぱちぱちぱち、盛大な拍手が送られた。その拍手は、今まで聞いたどの拍手よりも、やさしく、あたたかなものだった。無言の応援。ああそうか、おれの中にも差別と偏見があったのだ。そのことにも、おれは例会に出席して気づくことができた。

「なあ、秀人」

「うん？」

帰りの道すがら、おれは秀人に話しかけた。胸がいっぱいの夜だった。

「今日、いっしょにきてくれて、ありがとな」

「いや、こちらこそ。ぼくも行ってよかったと思ってる」

「そっか。そうだな」

月がやたらときれいな夜だった。おれは、帰りにわたされた断酒会のパンフレットを、大切に持ちながら、家に帰った。

あれから、断酒会のパンフレットをあおいにわたした。良い方向にいくきっかけになればいいんじゃないかと思っている。学校の休み時間に、秀人がおれに話しかける。

「ゼン。成城さんのことは、いいの？」

「いいのって、何が？」

「好きだって気持ち、伝えなくていいのかなって」

「ああ」

あおいへの気持ちは、おれのなかで答えはでていた。

「告白は、しない。あおいへの好きは、本当の好き、ではなかったんじゃないかって。おれ、影のあるあおいが気になってしかたなかった。それって、恋とか愛とかいうのじゃなくて、おたがいの、なんつーの？　闇の部分というか、そういうのに惹かれただけじゃないかって。だから、おれ、もっと成長して、明るい部分にも暗い部分にも、その人の全部が好きになってから、告白したいなって。そう思ったんだ」

「ゼン」

秀人がめずらしく、おどろいた顔をしていた。

「ゼンさ。こんな言い方したら上から目線かもしれないけど。いや、本当、成長したね」

「だろー？　おれ、育ち盛りだからさっ。人は成長していくもんだからねっ」

おどけた調子で言うおれに、秀人がいつものやわらかい微笑みをみせる。

心の成長。もしかしたら、それこそが、自助グループの「お酒をやめた新しい人生」が目指しているものかもしれないな。そんなことを考えたおれだった。

おれは今井ゼン。いたって元気な小学五年生の男の子で、おれの親友は工藤秀人だ。

バラの咲く日に ～信浩の物語～

キーンコーンカーンコーン。授業終了のチャイムが鳴り、私、東信浩（あずまのぶひろ）は教科書を閉じる。

「じゃあ、ここまで。昼休みにしよう」

「終わったあー」

とたんに教室がざわめきと喧噪（けんそう）に満ちる。思い思いにしゃべったり、教室を飛び出ていくものもいる。私は足早に教室を出て、職員室へと向かう。

「東（あずま）先生、こんにちは」

「こんにちは」

何人か声をかけてくれる生徒に会釈（えしゃく）しつつ、まっすぐの古びた廊下（ろうか）を足早に歩く。私はいったい何回この廊下を往復しているのだろうか。数え切れない回数だ。きっとこれからも、そうして生きていくのだろう。私の職業は「学校の先生」だから。

　職員室に着き、自分の机の前に座ると、心なしか少しホッとする。私は本来教師には向いていない。変わり者呼ばわりされていることも、知っている。だが、私の事情は、生徒はおろか、同じ先生たちの中でも一部の上司にしか話していない。話せるわけがない。子どもたちの中にも診断される者が増えているのだが――先生である自分が発達障害だなんて。ふと外を見やると、どこまでも広がる青空だった。私は、そっと目を閉じて過去の出来事を思い返した。

「信浩くん、あーそーぼ」

　私の一番古い記憶は、保育園時代に同じ組の男の子から声をかけられたところだ。私は、じっとだまっていた。

「信浩くん、ひどい！」

その子は泣き出してしまった。先生があわててかけよってくる。

「どうしたの？」

「信浩くんに遊ぼうって言ったら、無視された」

「信浩くん。無視しちゃだめだよ」

私は先生の言う言葉に、ますます混乱して固まった。「無視しよう」と思ってしたわけじゃない。どうしていいか、わからなかったのだ。

ひとり遊びは得意だが、友だちとの遊び方はわからない。どう返していいのか考えている間に、周りが勝手に怒り出す。私は、そういう子どもだった。

幼いころに起きたことで、もうひとつ象徴的な出来事がある。小学校二年生のときだ。学校で昼休み中に、女の子たちがきゃあきゃあと楽しそうにおしゃべりしていた。

「今日の恵美ちゃんの服、すっごく可愛い」

「えー？　そう？　ありがとう」

恵美ちゃんという子は、まんざらでもなさそうな顔で、にこにこしている。

恵美ちゃんはピンク色のフリフリのレースの付いた洋服を着ていた。日焼けして少しぽっちゃりした恵美ちゃんに、その服は、おそろしく似合っていなかった。

恵美ちゃんを見やった私の目と、恵美ちゃんの友だちの女子の目が、ぱちっと重なる。

「東くん、何見てるの～。東くんはどう思うの？　可愛いって、思ったんで

しょ」

恵美ちゃんは、天にものぼるようないきおいで、さらに笑顔になった。私はさらりと言った。

「いや、全然似合ってないなって思ったよ」

しーんとその場が静まりかえる。間が空いたあと、恵美ちゃんはしくしく泣き出した。周りの女子たちがいっせいに私を非難する。

「東くん、ひどい！」

「東くん。最低」

私は訳がわからず固まったまま、泣いている恵美ちゃんと怒っている女子たちに取り囲まれて、混沌とした時間を過ごした。その後、恵美ちゃんをはじめ女子たちに無視されるようになった。

経験を積んだ今ならわかる。私が、ひどいことを言ったのだということを。恵美ちゃんはほめられたかったのだということを。

でも、当時はわからなかった。私としては、「どう思う?」と聞かれたから、正直に自分の意見を言っただけだったのだ。悪気はないし、悪意もない。そしてあのとき、こう思ったのだ。恵美ちゃんには淡いピンクではなく、明るいオレンジ色の服のほうがよく似合うだろうって。でも私は圧倒的な悪者としてあつかわれ、話すこともなくなった。私がそれを伝える機会は、もうなかった。

そんなだから、思春期以降も友人はできなかった。それどころか、いじめを受けた。私だけでなく私の親も悩んで、中学二年生のとき病院の検査を受けた結果、発達障害だと診断された。「私のこの生きづらさは、私だけのせいではない」と言われたような気持ちになって、ほっとしたのを覚えている。

人の気持ちがわからない。そんな私には、幸せになる権利などないのかもしれない。そう思ってずいぶん悩んだ時期もあった。そんなとき、ふらっと立ち寄ったのが、近所にある教会だ。

その小さな教会は、静寂に包まれていた。右側にピアノがあり、左右の窓にステンドグラスでぶどうと鳥の絵が描かれていた。中央には十字架。私はその心地好い静寂に包まれて、立ちつくしていた。

気づくとうしろに、年配の男性が立っていた。

「こんにちは。初めまして、だね」

「……こんにちは」

「私はこの教会の牧師だ。よろしく」

「よろしく……お願いします」

牧師の男性は、私を見ると、にこっと微笑んだ。


それから私はときどき教会に行っては、牧師と話をした。牧師は、私が発達障害だと言っても、顔色ひとつ変えずに同じように接してくれた。自分の親ですら発達障害だと診断を受けたときに動揺していたので、それは私にとってうれしいことだった。

大学二年生のハタチのとき、私は洗礼を受けた。神さまが実際にいるかいないか、そんなことは私にとってどうでもよかった。少なくとも私には神さまが必要だった。私の中にある真実が、何より重要だったのだ。命ある限り、人は生きなければならない。どうせ生きるなら、幸せに生きたい。安心と平和の心を持っていたい。いつか天国に行くと信じたい……。

勉強だけはまじめにがんばり、私は、なんのめぐり合わせか、小学校の先生になった。生徒と接する以上に、生徒の親や同僚（どうりょう）の先生たちとの関係を築くのは苦労したが、それでもなんとかやっている。

神さま、見ていますか。私はときおり、こうやって心の中で神さまに語りかける。私はがんばっていますよ、精一杯（せいいっぱい）生きていますよ……。

牧師に以前聞かれたことがある。

「信浩(のぶひろ)くん、君に夢はある？」

「夢、ですか。夢というほどではないけど……」

「なんでもいいよ、言ってごらん」

「私は――」

私には夢が、願いがある。それは、友人をもちたい、ということだ。年齢(ねんれい)も立場も関係なく、おたがいを理解し、おたがいの幸せをいのることができる、心からの友人。こんな私でも、いつか、できるだろうか。

牧師は力強くはげましてくれた。

「できますよ、きっと。神さまが、あなたに必要であれば、備えてくださいます」

牧師は続けてこう言った。

「どんな困難の中にあっても、生きづらさの中にあったとしても、それでも花は咲(さ)くんです」

私は、生きづらさの庭にあって、花を咲(さ)かせているだろうか。たった一輪でいい。小さくていい。枯れることなく、やさしい花を、人を愛する心を咲かせているだろうか――。

「東先生？」

はっと気がつくと、同僚の先生が、不思議そうにこちらを見つめている。

「ああ、少し考え事をしていました」

「だいじょうぶですか？　テストも近いですもんね。これからますますいそがしくなりますね」

「そうですね。調べ物があるので、図書室に行ってきます」

「行ってらっしゃい」

私は、立ち上がった。図書室に向かう。そういえば、教会に行ったときは「おかえりなさい」、教会から出て行くときは「行ってらっしゃい」だったな。そんなことをひとりごちながら、古びた廊下をまた歩く。いつもの日常、いつもの日々

だ。いつもの歩幅(ほはば)で足早に図書室に着き、奥(おく)に向かうと、

「東(あずま)先生」

「工藤秀人(くどうしゅうと)くんじゃないか」

生徒の工藤秀人(くどうしゅうと)が、びっくりしたように目をまるめてこちらを見つめている。

かすかな一瞬(いっしゅん)、美しい光がこの場を包みこんでいた——ような、気がした。

あとがき

この本を読んでくださって、ありがとうございました。

この物語は、主人公・秀人と不思議な女の子の交流を軸に、秀人の成長物語でもあります。そして、心の回復というエッセンスも織り交ぜ、不登校など現代の子どもが抱える諸問題にも触れることで、「希望はある」というメッセージが伝われば、と思っています。子どもにも大人にも楽しんでもらえる童話を目指しました。

ゼンの物語、東信浩の物語も、同じです。ゼンの物語は依存症について、東先生の物語は発達障害についてがテーマです。

また、この本に出てくる登場人物……秀人（しゅうと）、クロボシ（黒星病）、ゼンなど、東信浩以外の名前は、実際にあるバラの名前や、バラに関係する名前を付けています。

この本は、ファンタジーであると同時に、生きづらさの本質について私が知っている限りの情報と思いを詰めこんでいます。わかりやすく、なおかつ丁寧に、私の感性をもってときほぐしました。

この本に出てくるキャラクターたちは、私の創作したキャラクターでありますが、同時に、私の一部でもあります。私のカケラたちが、ちりばめられています。それは私にとってとても幸せなことだと思っています。

この物語はこれでおしまいですが、キャラクターたちはこの本を開けば、いつでも活き活きと生きています。寂しいとき、楽しいとき、ふと気が向いたとき、どんなときでも大丈夫。また何度でも手にとって読んでみてくださいね。

文芸社の皆様、イラストレーターのはしこさん、この本を作るために尽力して下さった皆様に心よりお礼を申し上げます。私に関わってくれている家族、友人、仲間、多くの人にも感謝します。

そして、子どものあなたへ。かつて子どもだった大人のあなたへ。読者である「あなた」に何か素敵な思いが、届きますように。

あなたにとって益となるものが、あなたの心にひとかけらでもいいから、贈られますように。たくさんの喜びと感謝をこめて。

藤原　千奈

著者プロフィール

藤原 千奈（ふじわら ちな）

1986年３月生まれ。
第３回桜の手紙コンテスト花作（佳作）。
ASK認定依存症予防アドバイザー。
岡山県在住。二児の母。

カバー・本文イラスト／はしこ
イラスト協力会社／株式会社ラポール イラスト事業部

バラの咲く日に 生きづらさの庭で

2024年４月15日 初版第１刷発行

著 者 藤原 千奈
発行者 瓜谷 綱延
発行所 株式会社文芸社
〒160-0022 東京都新宿区新宿1－10－1
電話 03-5369-3060（代表）
03-5369-2299（販売）

印刷所 図書印刷株式会社

ISBN978-4-286-24961-2